KB064757

하얀 목화꼬리사슴

황금알 시인선 116

하얀 목화꼬리사슴

초판발행일 | 2015년 10월 17일

지은이 | 최연홍
펴낸곳 | 도서출판 황금알
펴낸이 | 金永馥
선정위원 | 김영승 · 마종기 · 유안진 · 이수익
주간 | 김영탁
편집실장 | 조경숙
표지디자인 | 칼라박스
주소 | 03088 서울시 종로구 이화장2길 29-3, 104호(동숭동, 청기와빌라2차)
물류센타(직송 · 반품) | 100-272 서울시 중구 필동2가 124-6 1F
전 화 | 02)2275-9171
팩 스 | 02)2275-9172
이메일 | tibet21@hanmail.net
홈페이지 | http://goldegg21.com
출판등록 | 2003년 03월 26일(제300-2003-230호)

ISBN 979-11-86547-11-3-03810

하얀 목화꼬리사슴

최연홍 시집

황금알

최연홍 선생은 1963년 『현대문학』으로 등단해 지금까
지 『정읍사』『한국행』『최연홍의 연가』『아름다운 숨소리』
등의 시집을 내었으며, 영문시집 『코펜하겐의 자전거』
등을 발간한 재미시인이다. 그는 초대 워싱턴문인회 회
장, 미주시문학회 회장 등을 역임했다. 한국문학번역원
이나 대산문화재단의 지원 없이 미국에서 영문시집을
출판한 유일한 시인이다. 그의 글은 미국 워싱턴 포스
트, 로스앤젤레스 타임스, 워싱턴 타임스, 인디아나포리
스 스타, 버지니아파이롯트 등의 지면에 발표되었으며,
그의 시 「애리조나 사막」은 미국 남서부를 그린 최고의
시편으로 선정되었다.

　1967년 6월에 고작 70달러를 들고 미국으로 유학 가
그곳에서 38년을 살아온 고단한 삶의 궤적을 그는 이번
시집에 고스란히 담았다. 모국과 이국, 고향과 타향의
삶을 오가는 동안 깊은 산 속에서 샘물이 솟듯이 솟아난
그의 시편들은 깊은 서사와 서정이 교직된 감동을 자아
낸다. 그의 시에는 늘 어머니에 대한 그리움의 눈물이
흐르고 모성을 갈구하는 사랑의 기도 소리가 들린다. 그
의 시의 원천은 모성이다. 그는 모성을 바탕으로 이국에
서의 가난한 삶의 고통을 감사하며 노래한다.

　"떠나실 무렵/ 아무 말 없이/ 나를 그냥 바라보시던/

어머니의 눈이/ 사슴의 눈 속에 들어 와 있다/ 눈물 같기
도 하고/ 수정 같기도 한"(「하얀 목화꼬리사슴」 부분)

시인은 하얀 목화꼬리사슴의 눈 속에서 이승을 떠나면
서 사랑하는 아들을 마지막으로 말없이 바라보던 어머
니의 눈을 발견한다. 이는 사슴의 맑은 눈의 깊이를 통
해 모성의 무한한 깊이를 발견한 감동 깊은 시가 아닐
수 없다.

최연홍 선생만큼 시에 대한 순수한 이상과 열정을 지
닌 시인도 찾기 어렵다. 그가 한국어와 영어로 동시에
시를 쓸 수 있다는 것은 시에 대한 열정 없이는 어려운
일이다. 나는 그에게서 아직도 순수한 문학청년의 맑고
뜨거운 피가 흐르는 것을 본다. 그는 이 시집에서 이렇
게 말한다. "이제 내게 남은 것은 시입니다/ 나는 시에
의지해/ 해체되는 정신과 몸을/ 지탱할 것입니다/ 어머
니도 세상을 떠나셨고/ 이제 남겨진 것은/ 오직 시뿐입
니다"(「시에게」 부분)라고 노래한다.

나는 이제 그의 삶의 꽃이 시의 꽃으로 더 맑게 피어
나 가난한 모국의 우리들 가슴에도 모국을 떠난 재미교
포들의 가슴에도 더욱더 그 꽃의 향기를 전해주길 기도
한다.

— 정호승(시인)

떠남으로써 머물러 있는 사람, 그 모습이 바로 이 시집에 들어있는 시편들입니다.

떠났으면서도 떠나지 못하고 구천을 헤매는 망자의 모습이 조국을 떠나 외국에 살고 있는 한 한국시인, 아니 저의 모습입니다. 모순인가요.

마음은 언제나 고향의 산하에 머물고 있는 이의 작은 사집첩, 그 사진첩이 바로 이 시집입니다.

최연홍

차 례

1부 아이다호 감자꽃

2부 Kiss the Rain

3부 변방의 꽃

1부

아이다호 감자꽃

보리싹

차가움의 아름다움

얼음 위에서 춤추는 여자는
더 깨끗해 보인다
칼날이 부딪치는 소리의
깨끗함

얼음 속에 죽어 있는 듯 보이는
새싹들은
아직 살아있다
얼음 속에 살고 있는 에스키모
알프스 산정에 누워있던 목동이
천 년 후 그대로 누워 있었다니
겨울은 안으로 따뜻하다

누비이불이 깔려 있고
화로가 놓여 있는 방에서
털장갑을 짜는
내 어머니의 손은 언제나 따스했다

깨끗한 아름다움은
오늘 밤
보리밭의 새싹이 돋아나는 꿈 아니겠는가
차가움을 밀어내고 나오는
새싹의
음성이
칼날이 부딪치는 소리로 들려온다

아이다호 감자꽃

아이다호 주는 감자생산지로 유명한데
주 전체가 초록색 평원이었습니다.
눈여겨 보니 하얀 감자꽃,
보랏빛 감자꽃이 피었습니다.
초록평원에
스프링클러가
물을 주고 있었습니다.
물방울에 닿은 햇살이
평원 위에 오색 무지개를 만들고 있었습니다.
고원지대
감자수확은 9월, 10월이랍니다.

어쩌다 둔 딸 하나가 낳은 손자가
좋아하는 감자,
호미 날에 상처 나지 않은 감자로
한 소쿠리 캐
머리에 이고
외사천에서 정읍으로
40리 신작로 길을

바람처럼 달려오시던
외할머니가
이 초록평원에
하얀 나비처럼
날아오셨습니다.

내 눈에 맺히는 눈물이
하얀 감자꽃으로 피어나고 있었습니다.

"손자야, 넌 아직도 왜 그리 눈물이 많으냐!"

하얀 목화꼬리사슴

아무도 없는
겨울 숲에서
만난
사슴 한 마리,
하얀 목화꼬리사슴.
내 앞에 와서
그냥 물끄러미
나를 쳐다보고 있다.
떠나실 무렵
아무 말 없이
나를 그냥 바라보시던
어머니의 눈이
사슴의 눈 속에 들어 와 있다.
눈물 같기도 하고
수정 같기도 한
서러운 이야기들이
우리들 사이에
남아 있다.

목화 같은 눈송이들이
천국으로부터
내려와
이 겨울
어머니의 묘지를 덮고 있으리라.
부유하고
포근하게.

섣달그믐 차례

아내가 설날 일하게 되어
우리 내외는
섣달그믐 저녁에
목욕하고 새 옷으로 갈아입고
떡국으로 차례상을 차리고
아버지, 어머니의 영혼을 맞이하기 위해
문을 열었더니
내 지붕 위에서 빛나던 별들이
뜨락으로 내려와
나는 무릎을 꿇고
차례상 위에
어머니와 아버지 사진을 올려놓고
두 번 절하고,
다시 두 번 절하고
약주 대신 코냑으로 잔을 채운다

설날 아침에 드릴 수 없는
섣달그믐 밤에 드리는
별빛 아래

차례

한순간에 동서양이, 고향과 타향이,
천국과 지상이
산 자와 죽은 자가
하나가 되는
아름답다면 아름다운 의식

한복을 곱게 입은 우리 내외는 동녘을 향해 술잔을 든다

부엌

겨울이 없는 나라
적도가 지나는 곳에 차린 직장
불꽃이 늘 피어있고
그 옆에서 구슬땀을 흘리는 남자와 여자

밖은 겨울이지만
여기는 삼복더위,
기름이 끓고
살코기는 구워지고
불에 데인 손,
칼에 찔리고 베인 손가락

배고픈 사람들은 기다릴 줄 모른다
예의를 모른다
성급한 고객의 기호에 맞추어
장단을 친다
스테이크를 구워내고
감자를 구워내고
샐러드를 잘라내는

숨 쉴 틈도 없는 공간에서
부부는 연옥의 성자가 된다

달이 중천에 뜨면
부부는 겨우 집으로 돌아와
쓰러져 잠든다
달이 가고, 해가 가고
아이들은 어느새 둥지를 떠나고
사랑할 시간도 없이
밤마다 고향으로 가는 꿈을 꾼다

뉴욕의 달

엠파이어스테이트빌딩 86층까지
한참을 줄 서서 올라가
바라본 도시의 불빛
황홀한 뉴욕의 야경
다시 보고 싶어
그러나 진짜 황홀한 야경은
홀란드 터널을 빠져나와
뉴저지에서 바라본
마천루의 불빛이었다
그러나 그보다 더 황홀한 야경은
허드슨강 위에 떠 있는
푸른 보름달

마천루보다 조금 더 높이 떠 있는 보름달

도시를 돌아
대서양으로 나가고 있는 그 푸른 모습
늑대가 울 것 같은 푸른 달빛에 나는 서 있었다
푸르게

언젠가 보았던 애리조나 사막의 승냥이가
울부짖고 있는 것만 같았다
푸른 물 위로 떠가고 있는
허드슨 강 위의
보름달
태어난 지 백만 년의 추억을 더듬으며
강물 위를 비추고 있는
푸르른 보름달

내 아들이 살다 떠났고,
내 딸이 아직 살고 있는, 뉴욕의 달
나의 달
그 푸르른
뉴욕의 달

시에게

이제 내게 남은 것은 시입니다
나는 시에 의지해
해체되는 정신과 몸을
지탱할 것입니다
어머니도 세상을 떠나셨고
이제 남겨진 것은
오직 시뿐입니다

시는 견고해서
내 정신과 육체가 해체되어
풍장이 되어도
산처럼
그렇게 나를 지켜줄 것입니다

당신의
창밖에
봄이면 들녘의 야생화로 피어났다가
여름이면 신록으로 숲을 아름답게 하고
가을이면 단풍나무로 서 있다가

겨울이면 천국에서 하강하는 눈으로
올 것입니다

먼 길을 걸어온 나그네처럼

포옹

아름다움을 껴안은 순간,
이 세상을 다 얻은 순간보다
더 빛나는 순간,
그 안이 참 따뜻하였다.
청순함, 순수함이
그렇게 따뜻할 수 있을까
당신을 처음 껴안은 순간
처음 눈 뜬
갓난아이의 경이로움,
포근한 어머니의 품보다
더 아늑한
당신의 포구,
고향포구로 들어가는 뱃길에
만개한 수선화,
만세!

이제 아픈 기억은 모두 해풍에 실려 갔고
파도에 사라졌나니

아버지

아들의 시를 문예지에 들고 다니셨던 아버지 편집인에게 케이크 한 상자라도 들고 가 시를 내밀었던 아버지 때로 국필 일중 김충현의 글씨도 들고 가 아들의 시를 내밀었던 아버지 알량한 원고료보다 아들의 시가 인쇄되어 나오는 기쁨으로 사셨던 아버지 영자신문에서 나오는 원고료로 한겨울 연탄값을 마련했다고 고마워하셨던 아버지 그래서 아들이 부끄러워했던 아버지 그의 묘비에 시인의 아버지로 써 달라고 부탁하신 아버지 시인을 밤하늘의 명료한 별보다 더 빛나는 존재로 우러러 본 아버지 당신이 밤하늘에 가장 빛나는 별이 되었습니다

시인의 딸

시인의 딸은
아일랜드 여행에서
깨끗한 파도에 씻긴
다섯 개의 이쁜 돌들을
건저 올려
아빠에게 선물했다
바다를 그리워하며 사는 내륙의 아빠에게
더 이상 좋은 바다의 선물이 어디 있을까
서가에 놓여있는 작은 돌들은
아일랜드 바다를 그리워하며
물기를 잃어가고 있지만
아버지의 바다
깊이 간직하며
외국에서 살고 있는
조용한
딸아이의
사랑을
담고 있다

떠나는 자의 시편
— 옥수동을 떠나며

　마지막 떠나는 자는 짐을 싸서 시골 도서관에 보내던가
　제자들에게 크리스마스 선물처럼 보내야 하는 것을 알
았다.

　내가 떠나는 길은 막막하기만 하더라.

　짐을 싸는 일은 먼지와 싸우는 전쟁이더라.
　문도 열어놓지 않고 살았는데
　언제, 어떻게 먼지는 침입해 와서
　책 위에도, 그림 위에도, 가구 위에도
　점령군처럼 앉아
　담배를 피우고 있었는지.

　재활용함에 내던지기 위해,
　동사무소 딱지 붙여 버리기 위해
　쓸 만한 가구도, 이불들도, 텔레비전도
　다 딱지 붙여 버리기 위해
　종일 먹지 않으며 짐을 싸고
　마지막까지 버리지 못한 짐인

내 몸만 겨우 그 아파트를 빠져나왔다.

정히 갈 데가 있는 곳이 없더라.
시커멓게 더러워진 손을 몇 번이나 씻어내도
씻어지지 않아
나는 목욕탕으로 갈 길을 정한다.
그래, 내가 갈 곳이 있구나.

그다음에는 바람처럼 어디로 흘러가는 것일 테지
이제 초겨울, 떠나는 자는 비로소 텅 빈 외투에 손을
넣고
아무도 안 사는 섬으로 가
처녀지에 내린 사람처럼 살아야 할 터.
아니, 내가 10년 전에 만난 처녀가 그 섬에 살고 있을
지 몰라.

떠나는 자는 그 섬의 주소를 모른다,
그냥 적도 부근의 어느 따뜻한 섬인 것 외엔.

잠을 노래함

어머니의 젖을 빨다 잠이 든 갓난아이
할아버지 옆에 앉아서 잠이 든 어린 손자
연인의 품에서 잠깐 잠이 든 시인
이발소 의자에 앉아서 잠이 든 청년
시골길 달리는 짐차의 뒤 칸에서 잠이 든 노동자
전쟁의 포화 속에서도 곤하게 잠든 병사들

잠 속에 깊고 깊은 평화가 있다
그 속에 바다 파도, 갈매기, 고향포구
소나무 숲 너머 길고 긴 모래밭이 있다

보물찾기

내가 잘못 친 골프공이
미지의 숲 속에 떨어져
타인에게
작은 선물이 되는
숲 속의 잔치

타인이 찾지 못하고 떠난 공이
멧새알처럼
내 눈앞에
놓여있을 때

나는 국민학교 시절
찾지 못한
보물찾기에 성공한다

나는
일주일에 한번 보물을 찾기 위해
숲 속으로 들어간다
아니

숲 너머 구름을 향해
공을 날린다

푸른 하늘을 날아
잔디밭에 떨어지는
공은
보물이 아니다

오직 숲 속에 떨어진 공,
계곡의 물속에 떨어진 공,
덤불 속에 가려진 공,
그들이
내가 좋아했던
국민학교 여선생님이
숨겨놓은
보물이다

나는
내 인생 최초로 사랑했던

그 아름다운 선생님을 만나러
일주일에 한번
골프장으로
간다

이민자

불쌍한 사람도 살아야지, 그렇지?

영어로 길을 물어도 저쪽에서 못 알아듣는
한국에서 온 이민자

새로 생기는 중국음식점마다
어느 날은
워싱턴에서 프레드릭스버그, 100리길,
워싱턴에서 윈체스터, 200리길
워싱턴에서 뉴포트 뉴스, 400리길,
왕복 800리 길
찾아가

불나면
천장에서 물이 쏟아지는
소방시설 설치해주고
몇 푼 버는
불쌍한 한국인

그의 손은 망치에 다치고
쇠붙이가 살갗을 파고들어도
칼날에 피가 나도
반창고 하나 바를 여유도 없이
피멍든 손으로 일을 한다
그걸 지켜보는 그의 그림자가 슬프다

가고 오는 길에 손톱 밑에 때가 새까만 손으로
맥도날드에서 빵 하나로 허기를 채우는
주말도 없이 뛰는 가난한
이민자
50대의 이씨
그는, 더 나은 삶을 위해 지느러미 펴고 꿈을 안고
태평양을 건너왔을 텐데
오늘도 미국 이민자에게 펼쳐지는
하루의 고달픈 접영

이 친구야
사는 게 다 그래

그게 인생이지, 그렇지? 나도 60년대 라면을 끓여 깡
통김치를
  꺼내 반찬으로 먹고 공부하던
  유학 시절엔 극빈을 극락으로 알고 살았네

  돌아오는 먼 길
  달리는 트럭 사이로 별빛이 총총하다

  잠자지 않고 유영하는 물고기의 눈동자처럼
  조국에 두고 온 그의 가족의
  눈동자 같은
  저 별빛

ROTC 1기 육군소위

숨 쉰다, 그 속에는 영원한 청춘이
뜨거운 여름 훈련에 지쳐
모기와 잠든 막사에 비상이 걸리고
난 늘 선착순에서 맨 마지막 영광을 누렸다
이미자의 동백꽃이 피어나고
댄서의 순정이 살아나는 여름
예비사단 주말 영천 부관학교가
내 이력서 최종학교가 되고
2군사령부 퇴근 후 커다란 창문에
흰 구름 같은 커튼이 쳐진 무랑루즈,
그리고 백조 찻집에서
박양균, 신동집, 김춘수 원로시인들과
문학을 논하던 것이
대구의 사과밭이 그때 내 시의 자양분이었다

사과꽃이 바람에 휘날릴 때쯤 그 길을 떠났다
의정부, 문산, 동두천, 포천, 38선을 달렸다
임진강이 비애의 강인 것도 알았고
정월 보름 비무장지대에 걸린 달이

내 유년의 달인 것도 그때 확인했다
그쯤에서 나는 육군소위를 반납했고
나는 별 4개보다, 다이아몬드 하나를 더 사랑해왔다
그 속에는 언제나 내 청춘이 있다

그가 나를 지금도 빤히 바라보고 있다

어머니를 위한 자장가

어머니
거기 침실엔 어머니가 듣고 싶어 하시던 딸의 피아노 테이프도 있고
가끔 읽으시던 아들의 시집도 놓여있는가요

어머니
저의 책상 위엔 어머니의 사진이 놓여있고
아침마다 일어나 어머니 앞에 큰절을 올립니다

어머니가 아침마다 우물물 길어 한 대접 장독에 올려놓고
아들을 위해 기도하시던 모습이 선합니다.
"너를 태운 비행기 구름 너머로 사라진 후에도
김포 공항에 남아계셨던"
그 어머니가 보입니다

어머니가 부엌에서 일하다 나와
젖은 손으로
누이동생의 피아노를 가르치던 모습도 선합니다

어머니
어머니가 우리들을 위해 부르시던 자장가를
나는 왜 어머니를 위해 부를 생각을 못 했을까요
어머니만 부를 수 있는 노래라고 생각했었나 봐요

어머니
오늘부터 밤이 늦으면
어머니를 위해 저도 자장가를 부르겠습니다

어머니
언제나 저와 함께 계시는 어머니
이제 밤이 깊으면 주무셔도 됩니다

어머니도 먼 나라에서 편안하게 잠드시기 바랍니다
그래야 내일 아침
어머니 우물물 길어 물 한 대접 장독대에 놓고
아들을 위해 기도하시지요

어머니
목이 메입니다
어머니가 목이 메이셨듯

어머니가 목이 메이셨듯
그 수많은 아침 기도가 그랬듯
저도 이제 목이 메입니다

버지니아 아리랑

아리랑 아리랑 아라리요
태평양 건너와 버지니아
그러나 조국을 사랑해요

아리랑 아리랑 아라리요
최저임금으로 시작하여
중산층으로 올라와 서서

아리랑 아리랑 아라리요
버지니아 지도책에 동해
써놓도록 정치력 키웠네

아리랑 아리랑 아라리요
버지니아는 조지 워싱턴,
토마스 제퍼슨의 Old Dominion

아리랑 아리랑 아라리요
버지니아는 우리들 삶터
우리도 그들처럼 살아요

아리랑 아리랑 아라리요
버지니아에서 미 전역으로
우리는 동해를 전파해요

아리랑 아리랑 아라리요
아아 조국이여, 조국이여
떠나므로 머물러 있는 사랑

아리랑 아리랑 아라리요
아리랑 아리랑 아라리요
아리랑 아리랑 아라리요

흑인 아리랑

아리랑 아리랑 아라리요
아리랑 아리랑 아라리요
아리랑 아리랑 아라리요

하와이 사탕수수밭에서
반 노예처럼 노동하다
멕시코 어저귀밭으로 간

조선인의 손자, 흑인이지만
서씨 성을 간직하고 살다
워싱턴으로 흘러온 청년

할아버지가 어찌해 쿠바,
조선에서 멀고 먼 카리브
섬으로 흘러 왔는지 궁금했네

손자는 할아버지의 비밀을
풀어준 내게 감사하면서
침술과 태권도로 보답했네

민들레 씨가 바람 따라서
쿠바 여자 몸속으로 들어가
검둥이 손자가 나왔으니

조선의 씨는 쿠바만이 아니라
중앙 아세아 사막에도
사할린의 해무에도 뿌려져

카리브 해안에서 고향 그리며
한 세상 살다가 간 조선인,
그 손자가 워싱턴에 살아

검둥이 서러움 동정하라
망해가던 조선의 왕조,
나는 검둥이 씨앗에서 본다

아리랑 아리랑 아라리요
아리랑 아리랑 아라리요
아리랑 아리랑 아라리요

하와이 아리랑

아리랑 아리랑 아라리요
아리랑 아리랑 아라리요
아리랑 아리랑 아라리요

가난하고 슬픈 조국 떠나
세상에서 가장 살기 좋은 섬
따뜻하고 부유한 섬나라로
우리들은 제물포를 떠났네

깊고 푸른 바다 파도를
갈매기와 벗 삼아 한 달여
호놀룰루 부두에 당도했네
아무도 아는 이 없는 포구

사탕수수밭에서 일하며
떠나온 조국을 생각하며
뜨거운 태양 아래 일하며
조국을 고향을 그리워했네

하루 뼈아픈 노동의 대가
70전에서 10전 독립자금,
그렇게 우리는 조국, 나라를
생각하고 사랑했네 아아

외로워 외로워 외로워서
조국에 두고 온 어린 여자
그리워 보고자 편지 썼네
그녀 내 사진 신부가 되었네

우리는 결혼, 아들딸 낳고
오손도손 잘 살아갔어요
아이들이 우리 농장의 중역*,
손녀가 예일대 시인**되고

아리랑 아리랑 아라리요
아리랑 아리랑 아라리요
아리랑 아리랑 아라리요

태평양 바람에 우리 서러움
태평양 파도에 우리 그리움
Paradise on Earth, Paradise on Earth
우리가 사랑하는 섬이야

* 웬디 그람의 아버지, 그는 하와이 2세로 그 아버지가 사탕수수밭에 일하
  던 일꾼이었지만 그는 그 회사의 부사장이 되어 일했다.
** 캐시 송, 예일대학 신인상을 받은 하와이 3세.

2부

Kiss the Rain

첫 예배

센터빌 교회는 저를 아주 작은 어린아이로 만들어 놓
았습니다
저의 교회가 미국에서 가장 현대적인 아름다운 예배의
공간이라는 생각이
저를 압도했습니다 그리고 밖으로 뛰어나가 어린아이
처럼 재고 싶었습니다

하나님의 말씀이 아주 크게 들렸습니다
보이지 않는 것들의 실상이 바로 우리 교회로 나타났
다고 말씀하셨습니다
옆에서 기도하는 이웃들이 모두 하나님의 형상으로 지
음을 받은 분들이라는
확신이 왔습니다
말씀이 저의 가슴으로 두뇌로 파도처럼 들어왔고
저의 몸 세포 하나하나에 신선한 아침 공기처럼 들어
왔습니다

하나님은 저에게 "오냐! 기특하구나!" 머리를 쓰다듬
으며 말씀하셨습니다

기독교 나라가 쇠잔하고 있을 때
한국에서 온 이민자들과 그들의 아들딸들이
기적을 일으키고 있다고 말씀하셨습니다

우리들은 그 날 머리를 들지 못했습니다
오래 눈을 감고 그 자리에서 묵상하고 있었습니다

우리들은 모두 하나가 되어
성가대가 부르는 찬송가가 되어
천상으로 오르고 있었습니다
낮달이 떠 있었습니다

무심

무심을 얻기까지 5년여 걸렸네
마음을 비우는데 왜 그리 긴 세월이 필요한가
서당개도 3년이면 풍월을 읊는다는데
나는 서당개보다 못한 만물의 영장인가
이제 공은 그린을 향해 날아가고 있으니
마음은 그 순간 하늘로 날아간 것,
무심을 얻었으니
노자와 장자를 만나도 무리가 없으리라
175야드 하늘로 날아가는 공의 무게
아니 숲 속을 지나온 바람만한
나의 무게

나이팅게일

검은 바다가
밤새워
포효하면
시퍼런 파도가
해안에 닿아
하얀 모래 언덕을 만들고
떠난다

그래, 검고 시퍼런 파도의 신음소리가
마찰음이지

캄캄한 밤 속에 뒤척이는
잠 못 이루는
시인의
두개골 속에 남아있는
나이팅게일

Kiss the Rain

우산에 떨어지는 빗방울이 만들어내는 음악
당신이 혼자 있을 때
혼자 듣고 있었던 음악
아니던가요

여름이 가고 가을이 시작할 무렵
그 아침 갑자기 내린 비를 맞으며
마을버스를 기다리고 있던 나에게
소리 없이 우산을 받쳐주던 아씨

우산에 떨어지던 빗방울이 만들어내는 음악
당신이 혼자 있을 때
조용히 듣고 있는 음악
아닌가요

세월이 가고 강산이 변한다는 세월이 가도
비를 기다리는 연인들
언제나 그 아침 다시 만나는 기쁨을 안고 살아요
세상이 많이 변했어도 비는 하늘로부터 내려온 은총

메마른 세상을 적시고 갑니다.
사막에도 한 해 한두 번은 비가 내려
사막을 살아있게 해 주는 활력
선인장의 빨간 꽃도 그래서 피어납니다

우산에 떨어지던 빗방울이 만들어내는 음악
당신이 혼자 있을 때
조용히 듣고 있는 음악
아닌가요

시인이 울음을 삼켜야 할 때마다
빗방울이 만들어 주는
천상의 음악을 듣게 됩니다
그 아침 우산 아래서 함께 들었던 음악

비는 언제나 사랑으로 내려와
메마른 나무들의 뿌리를 적시고
강물이 고향의 바다로 흘러가게 합니다

낮은 데로 임하시는 님처럼

우산에 떨어지던 빗방울이 만들어내는 음악
당신이 혼자 있을 때
조용히 듣고 있는
음악 아닌가요

언제나 함께 듣고 싶어요
우울할 적에도 행복할 때에도
언제나 함께 듣고 싶어요
사랑할 때에도

건초더미 안에서

바늘은 두터운 누비이불 속에 편안하게 누워있다
이제 아무도 찌를 수 없다
아무도 찾을 수 없는 비장의 무기가 따뜻한 몸이 되었다
가을 추수 후 길을 잃고 들어온 집인데 너무나 포근하다
어느 시골 농가의 빈 밭에 들어와
겨울잠을 잘 줄이야

어머니는 어두운 방에서 바느질하려고
바늘귀에 실을 꿰어 달라 하셨는데
지금 전등이 켜져 있어
바늘 눈이 아니면 귀가 환하다
60촉이 넘는 전구 속 금빛 필라멘트가
추수하기 전
곡창지대 같다

양털로 된 이부자리에 누워서 겨울잠을 청한다

어머니가 가 계신 천국이
바로 이런 따뜻하고 모호한 집일까

아무도 찾을 수 없는
애벌레의 유택

새들의 합창

오월
주일 아침
예배당 천정에 설치된
공기통으로
몇 마리의 새들이 들어와
합창하고 있다
목사의 설교보다
성가대의 노래보다
더 자연스러운
새들의 합창
지지배배
지지배배

새들의 합창 속에
결 고운 나무들의 숨결과
솔잎을 지나는 바람 소리가 있고
바위에 부딪히며 생기는 물보라가 있다

그날 예배는
참 좋았더라

파도 타는 사람

밀랍과 섬유유리로 된 잠자리 날개 위에서
물보라와 물거품 사이에 태어나
그는
대양의 끝에서 끝으로
단신 횡단
꿈과 저녁노을이 만나는 해안으로 미끄러져 들어간다

바다가 창조한 모든 것들은
그의 발아래 노예가 되고
일어났다 스러지는 왕도를 따라간다
푸른 순간을 포착하는 그의 예리한 눈,
견고한 두 팔, 두 다리, 중심의 머리, 건장한 토르소,
몸 전체가 균형을 이루며 파도의 산맥을 탄다

그녀는 바닷속 깊이로부터 올라온 비너스가 되어
눈부신 예술품이 되었다가
바람 속으로 난파해버린다
파도가 바람에 물보라를 뿌리며 흩어지고
그의 몸은 작은 나무 조각과 함께 해체된다

왕국이 결국 흔적도 없이 무너져 내리고 있다

왕국도 한순간에 사라지고 마는 푸른 법구경
적동색 몸의 시

갈매기가 사라진 왕국을 찾고 있다
유일한 증언자가 되기 위해

왈츠

당신이 밀고
당기고
나는 물결처럼
밀려가고
밀려오고
당겨지고

두 사람
숨결은
물결 따라
흔들리는
봄의 향기

은은하게
퍼지는
무도회

요한 슈트라우스의
음악이

우리 둘을
영원히
하나이게
하는
봄 들녘

세상은 환해지고
이름 모를 꽃들은
폭죽을
터트리며
피어나고

신선한 공기
비엔나
숲 속을 지나오는
바람 소리

청명한
세상이

우리
몸,
봄,
안
밖으로
퍼져가네
물결처럼

Shall we dance?

탱고

떠돌이 여자의 춤 속에 감추어진 사랑을 아시나요
떠나야 하는 여자의 사랑을 표현할 수 없어서
온몸으로 화산처럼 폭발하는 사랑을 아시나요
온몸으로 쓰는 시 한 편
가난한 문맹자가 쓸 수 있는 시 한 편

아르헨티나 탱고만 탱고가 아닙니다
떠돌이별에서 추는 춤,
집시의 달,
바이올린 협주곡을 감상하시는 당신은
하층민 여자의 시 한 편 읽어 봐 주세요

떠돌이 여자의 달무리 속에 감추어진 사랑을 아시나요

안개

아침 바다는
안갯속에 가려져
늦게까지
어부들을
잠들게 하고
꿈꾸게 한다

안개는
하늘과 바다가 닿는 완충지

어부들은
언제나
그 완충지에 살고 싶어 한다

겨울이여, 안녕!

이제 보낼 때가 되었습니다
아직 뜰 안에 눈이 가득하지만
창문을 열면 온기가 스며들고
이제 겨울을 보내야 하겠습니다

떠나야 할 때가 있으면
돌아와야 할 때가 있겠지요
다시 첫눈이 내릴 때까지
길고 긴 겨울이여 안녕!

밤사이 눈이 내린 후
눈 위로 여우들의 발자국
사슴들의 발자국
상형문자가 되어 시가 되어준 아침

마침내 귀여운 여우 한 마리를
앞뜰의 눈 위에서 발견했을 때
얼마나 반가웠는지요
귀여운 여우가 선사한 겨울 아침

고맙습니다
이제 겨울이여 안녕,
봄을 맞을 준비를 해야겠습니다
새봄이 어느새 왔다가 갈지 모르니까

버지니아 비버*

몇십 년 된 참나무들 서 있는 숲 속으로 물이 흐르고
그 물가에 귀여운 동물들이 살고 있다 물 위에 참나무
흔들린다 물이 흐르는 들풀 위에 서 있던 비버, 신선한
생선회 먹기 좋아하는 비버는 밤새 나무를 톡톡톡 한숨
쉬고 톡톡톡 하룻밤 사이, 몇십 년 묵은 나무 밑동을 연
필심처럼 하얗게 위아래 모래시계 모양으로 정교하게
갉아 놓았다 그리고 나무가 마지막 순간 계곡을 가로질
러 탁 떨어질 때까지 기다리는 영리한 비버, 나무가 쓰
러지고 나뭇가지 나뭇잎들이 냇물을 가로막아 내려오는
물고기들을 잡아먹는 비버, 사람들은 비버의 집짓기를
배워 댐을 세우기 시작했다 아, 귀여운 비버, 누가 가르
쳐 주었을까 미처 물속으로 쓰러트리지 않은 나무 비버
의 이빨 자국 위에 느타리버섯이 자라고 바람이 이빨자
국을 가끔 어루만지고 있다 비버는 이제 보이지 않는다
어디로 갔을까 누군가 숲길에 서 있는 표지판 beaver at
work**를 하얀 스프레이로 지워버리게 한 비버, 비버
는 어디로 갔을까 이 숲 속에서도 살기 어려워졌단 말인
가 지구온난화현상을 비버도 눈치챘단 말인가 달빛이
묻은 비버의 목소리를 환청으로 들으며 나는 숲길 위에

서 새벽을 맞는다

* 한국에서는 수달이라고 불린다. 물속에서도 살고 숲 지내에서도 산다. 겉
  모습은 큰 땅다람쥐와 비슷하지만, 귀는 작고 꼬리는 배의 노와 같이 생
  겼다. 몸 색깔은 밤색이나 검은빛이다.
** 비버가 살고 있는 곳으로 보호를 요하는 표지판.

오이

한여름 나를 행복하게 했던 오이밭

보름달처럼 노란 오이꽃이 피어나면

마른 꽃자리에선 오이가 열리고

때 되면 나는 제법 큰 오이를 따다

고추장에 푹, 찍어 보리밥 한 그릇을 비웠다

한여름, 원두막에서 낮잠을 자고

저녁 어스름 푸수수 일어나 보면

오이들은 내 고추처럼 커져 있었다

원두막도 사라지고

보리밥도 사라졌지만

고추장에 풋고추와 오이를 찍어 먹어본다 그리고

여름 저녁에 아내가 랩처럼 얇게 썰어

내 얼굴에 얹어 주면

나는 명상에 빠지다 잠이 든다

내가 잠든 시간

오이

내 얼굴에

아침이슬처럼

수분을

촉촉이 쌓아 놓는

오이

별이 빛나고 반딧불이 반짝이던 밤

가난했지만

아름답던

오이꽃

그 오이밭으로

나는 오늘 밤 풀잎에 이슬 젖으며

달빛을 따라 걸어 들어가 본다

나는 성자의 얼굴을 본다

불 속으로 뛰어드는 사람들
태풍 속으로 질주하는 사람들
인간이 만들고 자연이 만든 재난
속으로 들어가
시민들의 생명을 구하고
그들의 재산을 보호하는 사람들
나는 그들의 얼굴에서
성자의 얼굴을 본다

민주주의는 시민들의 생명을 존중하고
자유를 존중하는 사회
누가 시민들의 안전을 지켜주고 있는가
보아라, 그들의 얼굴

온몸으로 희생을 실천하는 사람들
불 속으로 뛰어드는 소방관,
재난을 줄이려는 기술사,
안전정책과 행정을 공부하는 친구들이
청산만큼 좋다

누가 성자를 존경하지 않으랴

누가 이 세상에 성자가 없다고 말하랴
여기 당신의 생명과 재산, 민주주의를 보호하는
한 무리의 성자들이 있다
하나님이시어, 이들을 축복하소서

3부

변방의 꽃

한라산

바람은
파도를 타고
한라산 산정에서
서귀포로 내려오고 있다
쏴아 쏴와 우우우 쏴아 쏴아
한라산의 키 작은 조릿대나무
구상나무 숲
성판악의 기운을
실어 내려오고 있다
파도 타는 바람에
인가가 흔들리고
현무암 돌담 옆
동백이 흔들리고
감귤이 흔들린다
바다에 정박해 놓은 선박들이 흔들린다
바람은 파도를 타고
태평양으로 날아간다
눈 쌓인 백록담 밑 진달래밭
동백기름을 바른 듯 윤기 나는
까마귀, 푸드득 구상나무 숲으로 날아오른다

한라산 2

나는 한라산 정상에서 추사 김정희를 만난다.
유배지의 고독이
겨울 한라산 산정에 서 있는
키 작은 주목처럼
견고하다.
세상은
시인에게
유배지 아닌가
폭설과 폭풍이 난타하는
세상에서
시는 견고할 수밖에 없다.
견고하지 않은 것은 시가 아니다.

한라산 윗세오름

돈내코를 지나 한라산 중턱 영실 오르는 길에 야생노
루 한 마리 풀 속으로 뛰어 달아나고 한 쌍의 산꿩도 날
아올랐다

한라산 1700고지, 창끝 모양의 채진목 바람에 꽃눈 뜨
고 구름의 그림자를 거미줄은 발밑에 핀 세바람꽃에게
비춰준다 깃털 떨어져 쌓여 있는 막다른 자리 제주 흰바
늘엉겅퀴 하늘과 눈썹이 닿을 듯 하얗게 피어 있다

바위틈에 납작 엎드린 설앵초 위로 하늘 한자락 비추
고, 구상나무 흔들리며 바람이 지나갈 때 그 막연한 외
로움으로, 한라산 고산 정상에는 하얀 솜이 뽀송뽀송하
게 돋아난 솜다리꽃 햇솜처럼 막 태어나려는 별 솜털 바
짝 일어선다

윗세오름 오르는 길은 평지여서 좋았다 정상에 이르기
전에 추사 김정희의 세한도에 나오는 키 작은 하얀 주목
들의 골짜기도 좋았다

구름인지 안개인지 분간할 수 없는 백록담까지 산행은
한 시간 남았지만 우리들은 거기서 멈추어야 했다 백록
담을 보전하기 위하여 우리들이 보지 못해도 순례를 떠
나는 양털구름은 보기에 좋았다

고산지대의 보랏빛 섬잔대꽃 맑은 눈동자가 바람에 흔들릴 때, 저 서귀포 바다 파도들 한라산으로 화! 달려온다

사라오름

그냥 오름인 줄 알고 올랐더니
한라산 정상 바로 아래
잘 생긴 분화구이더라

미국 여자 사라는 보이지 않고
평평한 분지엔
달나라에서
본듯한
돌들이
흩어져 있고

사람들은
모두 분화구를 지나
오름 위에서
구름 밑으로 깔려있는
서귀포 마을과
건너편의 바다를
바라보고 있더라

한라산 정상

바로 아래 있는

오름에서

저 아래 오름들의 분화구를

여자의 속살 훔쳐보듯

나는 보고 있었느니라

제주도 1

멀리 떨어져 있어서
외롭지만
외로워서
좋은
섬,
그 섬의 가을 바다 옆에는
언제나
갈대가 꽃처럼 나부끼고 있다

갈대밭 속에는
유배지의 언어들이
바람에 서걱이고 있다
아라
아라 아라리요

난파된 외국 배의
선원도
거기 어디 숨어
숨 쉬고 있다

세속에서
멀리 떨어져 나와
바람을 먹고 사는
사람들
가끔 바다에서 건져 올린
다금바리를 먹고 사는
사람들

외로움에 기대어
바다 밑으로 지는
거대한 해를 바라보며
사는
사람들

그래서 따뜻한 사람들이
서로 보듬어 안고
살아가는
섬

나는 뭍으로 나가는
배를 타지 않고
바다로 나가는
꿈을 꾼다
오늘 밤도

제주도 2

어디에나
바다는 마당처럼 펼쳐져 있고
어디에서나
한라산이 하늘처럼 보인다

바다는 너무 많은 어부들을
돌아오지 못하는 이어도로 유인했고
여자들의 눈물과 회한이
바닷물을 시퍼렇게 만들어 놓았다

그래서 바람이 많고
여자가 많다
지아비와 아들을 잃은
슬픔의 여자가 많다

우울한 바닷가에
갈대가
깃발처럼 나부끼고 있다

어디에나
바다는
마당처럼 널려있고
어디에서나
한라산은
하늘처럼 보인다

그 사이에
비어있는 오름이
신라 왕릉처럼
370여 기 누워있다

서귀포

돌담이 지키고 있는 것은 태풍이 아니더군.
숨겨진 감귤밭이더군.
돌담의 키만큼
서 있는 밀감나무들
돌담 너머 초록 나무들이
초록 잎들을 달고 서 있더군.
어깨동무하고
스크랩을 짜는
밀감밭을
지키고 있는 돌담의
마을.
따뜻한 햇살을 흡수해
초록 에너지로 전환하는
검은 돌들의 정다움, 정겨움.
태풍에도 쓰러지지 않고 서 있는
아마추어들의 건축.

제주 바당

거기 바다는
하늘과 닿아
마당을 넓힌다
툇마루에서 바라보는 바당은
대륙으로 이어진다
언제나 회색빛 대륙
범섬, 문섬을 왼쪽으로
해가 떠서
모슬포를 오른쪽으로
해가 지는 바다

밤이 되면
한라산 허리까지 올라간 따스한 인가의 불빛이 켜지고
섬사람들은 언제나 검은 대륙으로 걸어나가는
꿈을 꾸다 잠드는 섬
검은 대륙에 묻혀있는
하얀 다이아몬드 광산과
검고 검은 유전을 캔다

내일 아침엔 이중섭 미술관을 찾아
그가 그린 바다 게 한 마리
한 번 더 봐야겠다
그리고 그가 주고받은 아내와의 편지를
한 번 더 읽어봐야겠다

눈물 없이는 읽을 수 없는
가난한 시대의 편지
가난한 화가의 편지를

이어도

잔잔한 바다는 이어도를 보여주지 않고
오직 거친 바다만 이어도를 보여준다
10미터 파고가 5미터의 이어도를 보여준다

모슬포에서 가파도, 마라도를 지나
먼 바다로 나가는 길목에
이어도가 있다

이어도를 지나면
반은 돌아왔고
반은 돌아오지 않았다

돌아올 수 없는 배는
남지나해, 인도양을 건너 대서양으로 갔고
멀고 먼 나라로 귀화해버렸다

말이 통하지 않는 적도의 땅에서
배는 바다 밑으로 떨어지는
해와 함께 사라졌다가

이튿날
새로운 해와 함께
바다 위로 솟아올라
푸른 하늘 위로 사라졌다
밤하늘 별이 되었다

그래서 바다와 하늘의 면적은 같았고
푸른색을 공유하고 있다

이어도는 먼바다로 가는 관문이었다

반을 알고
반은 모르고
지난
관문

그렇게 고전의 바다는 말하고 있다
잔잔한 바다는 아무것도 말하지 않지만

거친 바다는
이어도가 돌아오지 않는 제주 어부들의
서러운 비망록을 보여주고 있다

아무도 고향을 떠나려 하지 않지만
폭풍의 바당은 고향을 잃어버리게 한다
거기 어디쯤 이어도가 있다

이어도 2

돌아오지 않는 배와 어부들은
모두 이어도에 정박하고 있다

바다의 끝에 이어도가 있고
거기에 제주섬 사람들의 내세,
꿈꾸는 이상향이 있다

꿈은 바다 수면에 찰랑거리는 파랑이 되고
갈매기 되어 물고기들을 모으고
어장을 만든다

지도위에 없는
오직 하나뿐인 섬,
오직 제주 사람들만이
마음속에 간직한 비밀의 섬,
그래서 아무도 훔쳐갈 수 없는 섬

돌아오지 않는 배와
어부들은 모두 지금 이어도에 정박하고 있다

독도

그 섬에 다가가면 가슴이 뛴다
삼봉도가 보이기 시작하면 가슴이 뛴다
하나의 섬으로 보이고 세 개의 봉우리를 보여주고 있어
한때 이 섬은 삼봉도로 불리었으니
어느 해역에서 이 섬을 바라보느냐에 섬의 이름이 변
할 수 있다
한때 이 섬에 물개가 가득 올라와 살았다고 가지도라
불렀는데
누가 그 물개들을 죽였을까
한 마리도 찾을 수 없었다
그다음에 독섬,
돌섬이란 뜻의 전라도 말
조선시대 어부들이 부르던 몇 개의 이름이 모두 독도
의 다른 이름인데
이 섬이 우산국의 섬이 아닌 무인도여서
20세기 초엽 선점했다는 야만의 나라가 있다
그 섬에 다가가면 우리들의 가슴이 뛴다
괭이갈매기들의 비상을 바라보며 우리들의 가슴이 뛴다
울릉도 어부만이 아니라 전라도 어부들도 최고의 어장

을 찾아
　독섬을 거처 울릉도로 항해했던
　조선의 역사를 아무도 선점할 수는 없나니
　우리들의 가슴이 지금도 뛴다

해인사

해인사라는 절이 가야산 속에 있고 팔만대장경이 그
절 안에 있다는 사실을 중학교 역사 시간에 배웠고 시험
답안지에도 썼는데 지금껏 해인사의 뜻을 몰랐다 나는
60년대 눈 쌓인 겨울 해인사의 뜻을 알려고 홀로 찾았었
는데 왜 "바다의 도장"이라는 이름을 터득하지 못했었나
60이 지난 나이에야 폭풍이 지난 바다가 삼라만상을 각
인한다는 화엄경의 해인삼매海印三昧를 읽게 되었으니
마치 바다의 풍랑이 쉬면 삼라만상이 모두 비치는 것처
럼 부처님 지혜의 바다에는 일체 만법이 밝게 나타남을
뜻한다 한다 그래, 바다는 5대륙을 다 넣어도 아무런 흔
적이나 동요가 없음을 어찌 불타佛陀는 알았을까 그
시대, 고대에
　폭풍우 지난 평화로운 바다를 심산유곡에서 찾은 신라
의 두 스님들 다시 찾은 해인사 팔만대장경을 찾아 오른
다 고려시대 외적의 침입을 막고자 만든 팔만대장경 햇
살이 쏟아지고 푸르게 흔들리던 높고 결 고운 산벚나무,
물푸레나무, 층층나무, 자작나무들 1만5천 그루 베어 바
닷물에 담갔다가 소금물에 찌고 그늘에 말려 16년간 만
든 판수 81,258장에 이르는 팔만대장경

팔만대장경이 보관된 장경각 문을 손으로 쓰다듬어 본다 장경각, 법보전 뒤로 푸른 소나무들에서 불어오는 바람수로, 채광, 바람, 습기를 잡기 위한 자연적으로 해결하기 위한 설계 팔만대장경을 썩지 않게 하고 있다 나는 지금도 잣, 도라지, 영지버섯, 겨우살이를 파는 해인사 여관촌을 걷고 있다 멍석에 나물이며 산초며 개암을 말려 먹기도 하고, 내다 팔기도 하며 생계를 위해 햇볕도 가볍게 여기지 않는 산골 아낙네들 그중 한 아주머니는 팔만대장경 공사에 함께했다며 흙바닥에는 숯, 횟가루, 소금 등을 모래와 함께 층으로 깊이 파 다져 습기를 흡수하도록 자연 조절을 잘 했습니더 밖에는 비가 와도 그 안의 공기는 까실까실 합니데이 밖에 비 오는 것과 팔만대장경이 있는 곳과는 상관없어예 하는데, 공덕을 쌓는 것이 따로 있겠는가 스님을 졸라 그 일을 했다는 아주머니 곁으로 산초 냄새가 지나간다

몸 비비고 흔들리며 사는 이들, 아득한 정토왕생을 기원하며 해인사 불이문 앞에서 두 손 모아 합장 한다 하늘 높고, 가야산 소나무 푸르다

백련암

　대나무가 여름 더위를 푸르게 안고 흔들리고 있는 저
백련암
　성철 스님이 열반하신 곳
　돌계단을 올라
　나무 그늘에 앉는다 천 년의 나이를 넘은 높고 우람한
저 나무들 내뿜는 산소를 마신다
　백련암 바로 아래 암자에
　간간이 투둑투둑 도토리 떨어지는 소리가
　적막강산에 당도하고 있었다
　암자에도 가을이 오고 있었다

보림사에서

연등이 안에서 밖으로 걸린
4월 초파일
보림사에 가면
세상은 봄빛으로 가득하지요
여기가 버지니아 무량수전 아닌가요

인도에서 동녘으로 가다
태평양에 막혀
멈춘 달마가
KAL 타고 태평양 건너
대륙을 건너
대서양 연안의 도시에 내려
서양 중생에게 연꽃의 의미를 보여주러 오셨으니
우리 모두 합장할 따름이지요

가끔 경주 남산에 올라
석불이 풍상에 마모되어
돌로 돌아가는 모습을 보았는데
우리는 모두 그런 석불이 되어

미국의 황소가 지나간 큰길 옆에서
합장하옵니다

여기가 무량수전 아닌가요
부처님

노고단 2

노고단 올라가는 길
노각나무 기린 무늬로
등 벗겨지고 서 있었습니다
야광나무도 서 있습니다
사람 많은 곳이 싫은 듯
저 숲 속에 물푸레나무 혼자 서있군요
그러나 그 나무도 때론 외로운가 봅니다
산을 오르는 우리에게 또 다른 나무들에게
나뭇가지 흔들며
간간이 대화하고 있습니다
1시간 거리의 노고단 오르는 길
얼마만큼 오르자 목이 마르는군요
마침 붉은 병꽃나무
얼음 녹아 흐르는 물소리에 서 있어요
배낭을 내리며 물가로 가 앉습니다
병꽃나무 몽우리 속 깔때기 귀로
얼음 녹아 흐르는 소리 듣는데
금방이라도 팍 꽃망울 터트릴 것 같았습니다
그 물에 나도 손으로 물을 떠 마십니다

입이 개운합니다
쉰 몸 다시 일으켜 산을 오릅니다
저 나무들 속엔 벌꿀을 가장 좋아한다는
가슴에 반달 모양의 흰 무늬가 있다는
반달곰 가슴이 살아있다지요
썩은 나무속을 둥지처럼 파고 들어가
눈을 반짝이다 잠이 든다지요
그 생각을 하는데
노고단 올라가는 돌계단 끝
하늘이 파랗게 맞닿은 곳이 보입니다
누군가 오늘은 이것만 보라 합니다
욕심을 부리지 마라
욕심을 부리지 마라
의관을 정제하듯
마음을 정제하고
노고단 돌탑에
하나의 돌, 두 개, 세 개의 돌을 올립니다
우연히 까치가 지나갑니다
사진 속 까치 울음소리, 저와 함께 찍힙니다

뒤돌아서서 바라보는 아랫마을 비닐하우스
강처럼 흐릅니다
저것이 비닐하우스라고 해도 제겐 강물로 흐릅니다
흐릅니다
노고단 내려오는 길
버들강아지 연한 노란 애벌레로 웃고
조릿대나무 사이로 잔설 희끗희끗 토끼가
뛰어 올라갑니다

변방의 꽃

유럽의 변방에 피는 꽃은
어느 중심에 피는 꽃만큼
아름답지만
보아주는 이 없어
서러워한다
그러나 귀항하는 수부들은 안다
그들의 아내,
혹은 연인이
어느 나라 여자보다
아름다운 여자라는 사실을

기다림이 깊을수록
사랑은 눈물겹고,
눈물겨운 사랑만큼
아름다운 사랑은 없느니

변방의 꽃
서러워하지 마라

나는 중심의 꽃보다
절벽 위에 핀 야생화,
너를 더 잊을 수 없다고
포르투갈을 떠나며 말하리라

포르투갈

— 화도

유럽대륙의 서쪽 끝으로
해가 지고나면
포르투갈 여자들은 노래한다
불란서 사람들이 샹송을 노래하듯

그들의 노래는 우울하고
어두운 술집에 어울린다

바다로 가서 세계를 얻고
제국을 건설하다
사라진 남편과
아들은 돌아오지 않았다

여자들은
검은 옷을 입고
어두운 목소리로 노래한다

그러나 아침 수평선에 떠오르는 배가
시야에 들어오면

그들은 숨죽이고
바다를 바라본다

스페인은 뒤에 서 있고
바다는 늘 눈앞에 출렁이고
영광은 리우데자네이루에
거대한 흔적으로 남아있고
슬픔은
언제나
해가 지고 나면
파도처럼
여자의 가슴을 난타한다

포르투갈 언어는
슬픔을 담고 있다
검은빛 같지만
깊은 바다의 감색 빛으로
출렁이고 있다
아멜리아의 화도 속에서

하와이 1

세계의 중심은 바다
섬의 중심은 파도
거기 파도 타는 남자와
바람을 타는 꽃잎
아름다운 꽃 히비스커스 속에 피어나는
아름다운 여자
봄, 여름, 가을, 겨울 없이
꽃으로 피어나는 여자
여자가 하나의 시편이 되어
거기 읽히고 있다.

하와이 2

거기 가면
비키니 수영복 하나
파도타기 나무 한 조각
있으면
행복해
태양은 구릿빛 몸을 만들어 주고
파도는 맨몸으로 파도 타는 서커스를 하게 한다
몸은 파도와 일체가 되어
푸른 바다를 내 것으로 만든다
거기 가면
여자의 춤도 파도,
바람이 가르는 종려나무 잎
남자의 몸도
파도를 타는 바람의 율동
거기 가면
비키니 수영복 하나
파도타기 나무 한 조각 하나
갖고 있으면
행복한 사람들

그 이상 그 이하도 없는
지상 낙원
거기 내가 사랑하는 연인 있으면
더는 바랄 것이 없는
이 우주의 섬

시애틀

문을 열고 나오면
바다가
언제나
정물처럼
거기 놓여있다
바다는
언제나 평온해서
거기 사람들은
폭풍의 바다를
모른다
찬 겨울도
뜨거운 여름도
없는
봄 가을의 평화로운 마을
거기 가면
언제나 초록 언덕의 나무들과
조용한 푸른 바다와
시를 사랑하는 친구들을 만난다
가난한 시인이나

부유한 시민에게
동등한
초록 평화가
언제나
반갑고
그립다

양귀비

아름다운 꽃이 왜 반란을 일으키게 했는지 나는 모릅니다.
아름다움은 제국의 크기와 상관없이 햇빛이 고운 들판에서,
해가 지는 서산에서 달이 뜨는 언덕에서 그대로 아름다움일 텐데
왜 양귀비는 안산의 난을 일으키게 했고
황제의 근위대에 의해 죽임을 당했는지 모릅니다
안산은 양귀비꽃을 자기 품속에서 키우기 위해 난을 일으켰는지 모릅니다.
나는 아직도 양귀비가 죽어야 할 이유를 찾아내지 못하고 있습니다.
더더욱 늙은 황제는 살고
양귀비가 죽어야 했던 이유를 찾지 못하고 있습니다.
남자들은 아름다운 꽃 앞에서 모두 비겁해지고 맙니다.
불당에서 자결했는지,
근위대의 타살이었는가는 중요하지 않습니다.
백거이의 120행 시 "장한가"가 양귀비의 넋을
지금도 위로하고 있어서 다행입니다.
화려했던 당대의 아름다움은 역시 시인의 몫입니다.

알래스카 골프

우리들은 에스키모인이 되어 영하의 골프장으로 갔다
잔디밭은 얼어 있어서 해가 나올 때까지 기다려야 했다
난로 옆에서 미국인 골프장 관리인들은 카드놀이를 하고
버지니아 정월 두꺼운 방한복을 입고 털모자를 쓰고
알래스카 에스키모인들처럼
우리들은 해가 떠올라오기를 기다리고 있었다

마침내 우리들은 첫 번째 티오프를 하기 위해
잔디밭으로 나갔지만 언 땅 위에 티를 꽂을 수 없어서
언 잔디밭에서 티 없이 공을 치기 시작했다
호수 위에 떨어진 공은 굴러서 튀면서 잔디밭으로 올
라갔다
그다음에 나뭇가지를 맞춘 공이 잔디 위로
하얀 알래스카 빙원 위로 떨어졌다

예측할 수 없는 버디게임을 하고
우리들은 행복한 커피 휴식을 가졌다

키 큰 미국 여자가 내놓은 커피 속에

에스키모인이 된 한국 골퍼들이 우정을 나누고 있었다
우리들은 젊었을 때 아니 지금도 열심히 살고 있다
버지니아 영하의 날씨에 알래스카에서처럼 우리는 골
프를 즐기는
세 에스키모인

한 마리 흰 새로 날아오르던 골프공
오늘은 눈송이를 몰고 오고
우리들은 따뜻한 커피를 마시며
얼음에 튀어 다니던 골프를 말하며
깔깔깔 웃고 있었다

겨울이지만 차가운 공기 속에서 활력이 생긴, 오늘
저녁 어두움이 일찍 찾아들고 있었다

슬픔의 정서를 둘러싸고 있는 낙관적 시선

김 기 택(시인)

1. 최연홍 시인은 2007년 서울시립대학교에서 정년퇴임 겸 시집 『아름다운 숨소리』(도서출판 새명동) 출판기념회를 가졌는데, 지인의 부탁을 받고 이 자리에서 시 낭독과 시세계에 대한 짤막한 코멘트를 하면서 만나게 되었다. 은퇴하는 자리인지라 제자와 동료 교수, 지인들의 석별의 정을 나누는 이야기가 있었는데, 그 이야기에 따르면, 그는 연세대 졸업 후 도미하여 인디애나대학교에서 박사학위를 취득하고 위스콘신, 버지니아, 미시시피, 워싱턴 등 여러 대학에서 환경정책 분야의 유능한 교수로 재직했으나 한국에 계신 어머니가 위독하자 어머니를 돌봐 드리기 위해 미국 대학의 좋은 대우와 미국 국적도 포기하고 서울시립대로 옮겼다고 한다. 그는 제자들에게 학문적인 능력으로도 존경을 받았지만, 교수의 권위를 내세우지 않는 소탈한 품성으로도 인기가 높았다고 한다. 학교 행사로 단체 여행을 할 때도 학생들과 똑같은 자격으로 회비를 내고 그들과 같이 먹고 자고 지

냈으며, 학생들에게 부당하게 대하는 교수를 보면 참지 못하고 목소리를 높였다고 한다. 자신의 과거 활동을 보여주는 사진에는 불룩하게 나온 배를 그대로 드러낸 채 수영복만 입고 찍은 사진도 있어서 있는 그대로 다 드러내 보이는 정직한 태도를 엿볼 수 있었다.

다행스럽게도 한국에 있을 때 어머니의 임종을 지킬 수 있어서 은퇴 후에는 다시 미국으로 돌아가 모국어로 시를 쓰고 워싱턴 지역에서 창작 지도도 하면서 지내고 있다. 2014년에는 워싱턴 주재 한국문화원이 주최하는 문학 강연에 나를 초청하여 다시 만날 수 있었다. 그의 이력이나 활동, 예컨대 도미 전에는 우리 문단에서 활발하게 활동하는 시인이었으며, 도미 후에는 대학교수로 재직하면서 미국방장관실 환경정책 보좌관으로 일했다든가 워싱턴 포스트, 로스앤젤레스 타임즈, 워싱턴 타임즈, 인디애나폴리스 스타, 저팬 타임즈 등에 서평이나 에세이를 발표하고 있다든가 코리아 타임즈, 코리아 헤럴드에 정기적으로 칼럼을 기고하는 필자로 활동하고 있다든가 하는 내용은 시집이나 산문집에 나와 있어서 쉽게 알 수 있었는데, 그중에서도 미국 최초로 버지니아 주 상하원의원들과 협력하여 동해를 일본해와 병기하는 결정을 이끌어내는 성과를 거두었다는 것은 기억할 만한 아름다운 일이다.

2. 최연홍 시인은 연세대에 재학 중이던 1963에 박두

진 시인의 추천으로 현대문학으로 등단하였으나 도미 후에는 국내 문단에서 보기 어려웠다. 하지만 재미 시인으로 꾸준히 활동을 해왔다. 재미 시인들은 영어로 생활을 하면서 모국어로 시를 쓰기 때문에 미국의 주류 문단과도 떨어져 있으며, 한국의 문단으로부터도 소외되어 있다(하지만 그는 그동안 4권의 영문시집을 발간하는가 하면 미국과 유럽의 여러 문예지에 영문으로 시를 발표하고, 한국 시인으로는 처음으로 계관시인의 초청으로 미국 의회도서관에서 시 낭독을 하고, 여러 권의 영문 문학서를 편집하고 출판하는 등 미국 주류 문단과 어느 정도 교류를 하고 있다.). 그들로 하여금 시를 쓰게 하는 것은 영어를 쓰고 미국 시민권을 가진 미국인으로 생활하면서도 내면적으로는 '온전히 미국인이 될 수 없으며 심층에는 자신이 한국인이라는 의식'(이동하·정효구, 『재미한인문학 연구』, 월인, 2003.)이 있기 때문이다.

　재미 시인들이 쓰는 영어는 생활을 위한 의사소통 수단이다. 그것은 세상에 통용되는 단어와 문장을 바탕으로 한 언어관습이다. 그 언어관습은 우리들이 아는 모든 것을 머리로 전달 가능한 개념으로 만들어서 사용한다. 시는 이런 언어관습에 대한 저항이다. '예술은 무로부터의 창조가 아니라 관습으로부터의 창조'(유종호, 「시와 토착어 지향」, 『동시대의 시와 진실』, 민음사)다. 시가 창작인 이유는 기존의 언어관습을 버리고 살아있는 정서적 체험을 담아내는 새로운 언어관습을 만들려 하기 때문이다. 시적 언어는 머리뿐만이 아니라 감정이나 정서, 감각 등과 같이 체험적인 요소를 온몸으로 전달하고자 한다. 아니 전달하는 것이 아니라 독자로 하여금 자신의 내면에 있는 감정과 정서와 기억을 깨워서 스스로 체험하게 한다. 재미 시인들에게 모국어는 의사소통의 수단이면서 동시에 그 언어에 감각이나 감정, 정서, 잊혀진 기억 등을 실어 체험하는 수단이다. 그것이 의사소통만을 위해 사용하는 영어와 같을 수는 없다. 설사 영어로 시를 쓴다고 해도 먼저 모국어를 떠올리고 그것을 머릿속에서 영어로 번역하는 과정을 거쳐야만 할 것이다. 그러므로 모국어로 시를 쓴다는 것은 약해지거나 잃어가는 한국인의 정체성을 살리는 일이며, 동시에 내면의 한국인을 살림으로써 이민 생활에 적응하는 힘을 얻는 일이기도 하다.

3. 2007년에 대산문화재단과 UC버클리가 지원하는 한국작가 체류프로그램에 참가하느라 미국에 3개월여 체류한 적이 있다. 미국은 땅도 넓고 짧은 기간에 세계 최강국에 오른 역사를 가지고 있어서, 대륙적이고 낙관적이라는 점이 인상적이었다. 그런 일면을 가장 잘 보여주는 시인이 휘트먼(Walter Whitman)과 프로스트(Robert Frost)이다. 휘트먼의 시는 평범한 미국인의 시선과 거칠고 투박한 미국인의 언어로 모든 부정적인 요소를 긍정적으로 포용하는 힘이 넘치며, 프로스트의 시

는 자잘한 일상을 서정적인 어조에 담으면서 모든 부정
적인 정서를 그 안에 녹여 건강한 긍정을 만들어내는 힘
이 있다. 그런 미국인의 시선으로 보니, 내 시가 지나치
게 어두운 것은 아닌가, 작은 일에도 전전긍긍하고 필요
이상으로 많은 한숨과 비명과 울음을 사용하고 있는 것
은 아닌가, 자꾸 다시 보게 되었다. 하지만 아무리 칙칙
해 보이고 질질 짜는 것처럼 보여도 그것은 도저히 내
몸에서 떨어질 수 없는 것이고, 나의 시를 키워준 힘이
다. 설사 내 시가 드넓은 땅과 무한한 하늘을 달리고 비
상해야 한다 해도 그것은 어쩔 수 없이 내 어둡고 습한
내면의 통로를 지나야 하고, 그 투명하고 무한한 이미지
는 내 막힌 공간의 어둠이 변형된 것일 때 가치가 있을
것이다. 어쨌든 이질적인 외국의 공기를 통해 나와 우리
시를 볼 수 있었던 것은 즐거운 경험이었다.

4. 한국적인 정서와 미국의 대륙적인 시선은 서로 섞
이기 힘든 성질이 있는데, 최연홍의 시는 이것을 조화롭
게 보여주고 있다는 점에서 흥미롭다.

> 아이다호 주는 감자생산지로 유명한데
> 주 전체가 초록색 평원이었습니다.
> 눈여겨 보니 하얀 감자꽃,
> 보랏빛 감자꽃이 피었습니다.
> 초록평원에

스프링클러가
물을 주고 있었습니다.
물방울에 닿은 햇살이
평원 위에 오색 무지개를 만들고 있었습니다.
고원지대
감자수확은 9월, 10월이랍니다.

어쩌다 둔 딸 하나가 낳은 손자가
좋아하는 감자,
호미 날에 상처 나지 않은 감자로
한 소쿠리 캐
머리에 이고
외사천에서 정읍으로
40리 신작로 길을
바람처럼 달려오시던
외할머니가
이 초록평원에
하얀 나비처럼
날아오셨습니다.

내 눈에 맺히는 눈물이
하얀 감자꽃으로 피어나고 있었습니다.

"손자야, 넌 아직도 왜 그리 눈물이 많으냐!"
                              ─「아이다호 감자꽃」 전문

이 시의 화자는 미국 아이다호 평원의 아름다운 감자
꽃을 보며 외할머니를 떠올린다. 미국에서 미국 감자꽃
을 보지만 심층의 한국인은 아이다호의 감자꽃을 전라
도 외사천의 감자꽃으로 변화시킨다. 그 변화된 감자꽃
에는 일부러 손자를 위해 좋은 감자만 골라 먼 길을 온
외할머니의 모습과 그 외할머니가 쪄주는 감자가 있다.
그는 여행을 하면서 아름다운 풍경을 보지만, 정작 그를
정서적으로 충족시켜주는 것은 그 여행에서 자극된 어
린 시절의 정서이다. 그 정서는 밤에 본 별을 "감자꽃"으
로 변형시키고, 다시 그 감자꽃을 "눈물"로 변형시킨다.
그 눈물은 내면의 부정적인 정서를 씻어낸다. 유년기의
어려운 생활의 아픔과 그 짧은 행복의 기억이 없었다면,
감자꽃이 핀 아이다호의 아름다운 풍경은 그저 멋있는
관광지를 찍은 달력 사진과 다를 바가 없었을 것이다.

시인의 기억 속의 아버지는 "편집인에게 케이크 한 상
자라도 들고 가 시를 내밀었던 아버지 때로 국필 일중
김충현의 글씨도 들고 가 아들의 시를 내밀었던" 분이
며, "영자신문에서 나오는 원고료로 한겨울 연탄값을 마
련했다고 고마워하셨던" 분, 가난 속에서도 아들을 위해
희생하고 "알량한 원고료보다 아들의 시가 인쇄되어 나
오는 기쁨으로 사셨던"(「아버지」) 분이다. 외할머니도 아
버지도 손자와 아들을 위해 속 깊은 따뜻한 마음을 주었
기에 역으로 화자에게는 그들의 가난과 고생이 더욱 아
픈 기억으로 남는 것이다. 그리고 그것은 그들의 희생적

인 사랑에 대해 시인이 아주 작은 일부만이라도 되돌려 줄 수 있는 길이 영원히 막혀있다는 아픈 사실을 각인시 킨다. 그 아픈 기억은 다시 가난과 고생 속에서도 온몸 으로 사랑을 보여준 그들의 사랑을 더욱 간절하고 깊이 느끼게 한다. 그러므로 가난 속의 따뜻한 부모의 희생→ 물질적으로 풍요하면서도 갚을 길 없는 아픔→부모와 외할머니의 가난과 고생의 전경화(前景化)→더욱 간절하 고 깊어지는 부모와 외할머니의 사랑 등으로 이어지는 정서적 순환 구조는 최연홍 시의 진정성을 이루는 내면 구조가 된다.

불나면
천장에서 물이 쏟아지는
소방시설 설치해주고
몇 푼 버는
불쌍한 한국인

그의 손은 망치에 다치고
쇠붙이가 살갗을 파고들어도
칼날에 피가 나도
반창고 하나 바를 여유도 없이
피멍든 손으로 일을 한다
그걸 지켜보는 그의 그림자가 슬프다

가고 오는 길에 손톱 밑에 때가 새까만 손으로

맥도날드에서 **빵** 하나로 허기를 채우는
　　주말도 없이 뛰는 가난한
　　이민자
　　50대의 이씨

－「이민자」 부분

와 같이 그의 시에서 한국인과 관련된 정서는 대체로 슬
프거나 어둡다. 그는 한국인 이민자를 보며, 라면을 먹
으며 공부하면서 "극빈을 극락"으로 알고 지냈던 자신의
과거를 떠올린다. 과거의 가난과 그 가난으로 인한 아
픔, 슬픔 따위는 늘 시인의 내면에서 현재의 풍요와 대
비된다. 「아이다호 감자꽃」에서 보듯이 진정으로 그를
풍요롭고 행복하게 하는 것은 현재의 안락한 생활과 물
질적인 풍요가 아니라 가난한 시절의 행복했던 기억의
풍요이다. 현재의 물질적 풍요는 오히려 외할머니나 어
머니, 아버지가 겪은 가난의 아픔을 더욱 부각시킬 뿐이
다.

　　아무도 없는
　　겨울 숲에서
　　만난
　　사슴 한 마리,
　　하얀 목화꼬리사슴.
　　내 앞에 와서
　　그냥 물끄러미

나를 쳐다보고 있다.
떠나실 무렵
아무 말 없이
나를 그냥 바라보시던
어머니의 눈이
사슴의 눈 속에 들어 와 있다.
눈물 같기도 하고
수정 같기도 한
서러운 이야기들이
우리들 사이에
남아 있다.

목화 같은 눈송이들이
천국으로부터
내려와
이 겨울
어머니의 묘지를 덮고 있으리라.
부유하고
포근하게.

– 「하얀 목화꼬리사슴」 전문

이번 시집의 표제작이자 시집에서 가장 돋보이는 이 시는 한국인의 슬픈 내면 정서와 그것을 낙관적이고 포용력 있는 큰 미국인의 시선으로 감싸는 시의 구조를 특징적으로 보여준다. 화자가 보는 사슴은 미국에 서식하

는 목화꼬리사슴(cotton-tailed deer)이다. 화자는 이 외
국종 사슴의 눈에서 어머니의 눈을 본다. 외국의 인물이
나 동물, 풍경에서 가장 한국적인 정서를 떠올리는 것은
외국에 있으면서도 끝내 외국인이 될 수 없는, 한국인으
로서 살 수밖에 없는 한국인 의식의 특징이다. 사슴의
눈에 어머니의 눈이 겹쳐 보인 것은, 첫째로 사슴이 겨
울에 아무도 없는 숲에 외로이 있기 때문이며, 둘째로
사슴의 눈이 환기시키는 순수하고 맑은 눈 때문이다.

외로운 사슴의 모습은 어머니의 가난과 고생과 안타까
운 임종의 모습을 환기시킨다. 온갖 결핍 속에서도 자신
의 따뜻한 사랑을 아들에게 온몸으로 전해준 어머니의
기억과 어떤 방법으로도 그 사랑을 되돌려드릴 수 없다
는 자식의 아픈 인식, 그래서 더욱 외로울 수밖에 없는
어머니의 모습이 먹을 것이 없고 가족도 이웃도 없는 사
슴의 처량한 모습과 겹쳐진 것이다. 순수하고 맑은 눈
은, "내 앞에 와서/ 그냥 물끄러미/ 나를 쳐다보고 있"는
사슴의 눈과 "떠나실 무렵/ 아무 말 없이/ 나를 그냥 바
라보시던/ 어머니의 눈"의 중첩에서 나타난다. 그 눈 속
에 담긴 이야기는 "눈물 같기도 하고/ 수정 같기도 한/
서러운 이야기들"이다. 그러나 이 중첩의 침묵은 말하기
보다는 오히려 말하지 않음으로써 화자가 하고 싶은 모
든 말을 한꺼번에 환기시키는 힘을 갖는다. 침묵의 여백
은 말을 하지 않음으로써 역으로 가장 많은 말을 효과적
으로 담는 공간이 된다. 그것은 말을 전달하는 것이 아

니라 독자들로 하여금 상상력을 통해 말을 스스로 무한히 생산하게 하기 때문이다.

이 두 가지가 시인의 내면 정서를 이루는 뼈대라면, 이 시의 외피를 형성하는 폭넓고 낙관적인 시선은 눈송이와 목화가 환기시키는 순수하고 따뜻한 정서이다. 이 사슴은 겨울 숲에 있으며, 또한 목화 같은 희고 탐스러운 꼬리를 가지고 있다. 이 두 이미지는 깨끗하고 포근한 함박눈의 눈송이를 연상시킨다. 그 이미지가 전체적으로 시를 아름다우면서도 긍정적이고 건강하게 만드는 기능을 한다. 어머니와 아들 사이의 끊으려야 끊을 수 없는 육친의 사랑의 끈, 그리고 다시는 연결될 수 없는 육체적인 단절이 야기하는 진한 슬픔, 오로지 침묵으로만 전달 가능한 이 안타까운 정서가 아름답고 낙관적인 힘을 갖는 이유는 "목화 같은 눈송이"가 그것들을 둘러싸고 있기 때문이다. 이 눈송이들이 "천국으로부터 내려와" 보이지 않는 "어머니의 묘지"를 덮는 환상을 일으킨다. 환상은 보이는 현실에서 결핍된 욕망을 보이지 않는 현실에서 충족시키는 정신현상이다. 그 환상을 통해 화자는 슬픔과 결핍을 씻어내어 치유하고, 그래서 그 슬픔과 아픔의 정서는 "부유하고 포근"해지는 것이다. 목화 같은 눈송이의 이미지는 사슴의 눈과 어머니의 눈 속으로 스며들면서 화자가 안고 있는 아픔과 슬픔과 괴로움을 순수하고 맑으면서도 발랄하고 따뜻한 정서, 낙관적이면서도 아름답게 빛나는 정서로 변형시키는 마력을 보여준다.

차가움의 아름다움

얼음 위에서 춤추는 여자는
더 깨끗해 보인다
칼날이 부딪치는 소리의
깨끗함

얼음 속에 죽어 있는 듯 보이는
새싹들은
아직 살아있다
얼음 속에 살고 있는 에스키모
알프스 산정에 누워있던 목동이
천 년 후 그대로 누워 있었다니
겨울은 안으로 따뜻하다

누비이불이 깔려 있고
화로가 놓여 있는 방에서
털장갑을 짜는
내 어머니의 손은 언제나 따스했다
깨끗한 아름다움은
오늘 밤
보리밭의 새싹이 돋아나는 꿈 아니겠는가
차가움을 밀어내고 나오는

새싹의

음성이

칼날이 부딪치는 소리로 들려온다

-「보리싹」 전문

「하얀 목화꼬리사슴」처럼 이 시도 안은 밖으로 나가는 힘이 되고 밖은 안을 보호하는 변증법의 구조를 가지고 있다. 화자는 겨울의 추위를 견뎌내는 보리싹에서 "차가움의 아름다움", "칼날이 부딪치는 소리의/ 깨끗함"을 본다. 냉혹한 현실을 견뎌내려면 감정이나 연민에 흔들리지 않는 강인한 의지가 필요할 것이다. 그 차가운 힘은 겨울에도 얼지 않고 단단하게 언 땅을 밀어내는 힘을 갖고 있다. 그런 점에서 보리는 냉혹한 현실을 의지로 이겨내고 결실을 맺은 시적 자아의 내면에 대한 은유로 볼 수 있다. 하지만 강추위를 견디게 하는 보리의 힘은 그 의지를 안에서 지탱해 주는 내면의 따뜻함, 꿈의 따뜻함에서 오는 것이라고 화자는 말하는 것 같다. "누비 이불이 깔려 있고/ 화로가 놓여 있는 방에서/ 털장갑을 짜는" 어머니의 따스한 손에 대한 기억이 겨울 추위를 견디는 힘이었던 것이다. 이 따스함은 "칼날이 부딪치는 소리"로 들려오는 새싹의 음성과는 대조적이다. 연약한 힘으로 겨울의 강추위를 이겨내는 보리싹의 힘은 겉으로는 차디차고 칼날처럼 날카로우나 안으로는 모태 안과 같은 따뜻한 기억과 꿈이 있기 때문이다.

보리싹이 뿌리를 내리고 있는 추운 땅에 대해 화자는 "얼음 속에 살고 있는 에스키모/ 알프스 산정에 누워있던 목동이/ 천 년 후 그대로 누워 있었다니/ 겨울은 안으로 따뜻하다"고 말하고 있는데, 그 땅은 수많은 식물들을 품고 양분을 주어 먹여 살리고 키워내는 어머니와 같은 성품을 갖고 있음은 쉽게 알 수 있다. 그뿐만 아니라 땅 속은 따뜻한 기운으로 보리싹이 얼지 않도록 하는 기능도 있다. 그 따뜻한 땅의 기운은 "목화 같은 눈송이들이/ 천국으로부터/ 내려와/ 이 겨울/ 어머니의 묘지를 덮고 있으리라."(「하얀 목화꼬리사슴」)는 시구와 같이 화자의 기억에서는 어머니가 거주하고 있는 곳이다. 그러므로 어머니의 모태에 있는 것과 같은 행복한 안식의 기억은 "보리밭의 새싹이 돋아나는 꿈"과 다르지 않다.

5. 「섣달그믐 차례」는 근년에 이르러 시적 자아의 내면에서 외국의 땅과 한국인의 정서가 행복하게 조화를 이루고 있음을 보여준다. 외국에서 드리는 설날 차례의 형식이나 내용이 고국에서의 그것과 같을 수는 없다. 설날이 미국에서는 명절이 아니어서 "설날 아침에 드릴 수 없는/ 섣달그믐 밤에 드리는/ 별빛 아래/ 차례"인데다 "약주 대신 코냑"으로 올리는 잔을 올리지만, "아버지, 어머니의 영혼을 맞이하기 위해/ 문을 열었더니/ 내 지붕 위에서 빛나던 별들이/ 뜨락으로 내려와" 차례 지내는 장소를 고국으로 만든다. 그때 시적 자아는

> 한순간에 동서양이, 고향과 타향이,
> 천국과 지상이
> 산 자와 죽은 자가
> 하나가 되는
> 아름답다면 아름다운 의식

을 체험하게 된다. 이 아름다운 의식에는 가난의 압박, 이민의 갈등, 고국과 부모에 대한 그리움을 순수하고 따뜻한 힘으로 포용하며 걸어온 시인의 고단하지만 행복한 여정이 보인다.

6. 최연홍 시의 골격을 이루는 정서는 한국적인 정서이다. 그것은 가난과 슬픔에서 나오는 행복한 기억과 함께 그것들과 다시는 이어질 수 없다는 아픈 인식으로 이루어져 있다. 그러나 그 정서는 심층에서 작용하고 있으므로 겉으로는 잘 드러나지 않는다. 그의 삶의 여정이 순탄하지 않았을 것이라는 점은 여러 자전적인 시에서 잘 드러나지만, 그럼에도 불구하고 시에는 슬픔이나 괴로움이나 자조나 한탄의 어조가 잘 드러나지 않는다는 점은 흥미로운 점이다. 낙관적인 정서와 세상을 보는 넓은 포용력이 외피가 되어 알맹이인 한국적인 정서를 두텁게 둘러싸고 있기 때문이다. 그렇게 해서 최연홍의 시는 슬픔과 괴로움과 행복하고도 아픈 기억의 정서를 알

맹이로 하고 폭넓고 유연하며 낙관적이고 대륙적인 정서가 밖에서 둘러싸는 구조, 안은 밖으로 나가는 힘이 되고 밖은 안을 보호하고 지탱하는 변증법적인 구조를 갖게 되는 것이다. 이런 특징은 오랫동안 미국에서 생활하면서 넓은 대륙의 이질적인 분위기와 정서가 비관적인 한국적 정서에 조금씩 천천히 스며들면서 형성된 것으로 보인다. 최연홍의 시는 한국인의 전통적인 정서가 미국의 낯선 공기에 스며들어 그것과 조화를 이룬 재외 한국시의 한 특징을 흥미 있게 보여주는 전범으로서 두고두고 기억할 만하다고 생각한다.